AF319180

ACADÉMIE FRANÇAISE.

Séance du 30 novembre 1817.

RÉPONSES

DE M. LE DUC DE LEVIS,

DIRECTEUR DE L'ACADÉMIE FRANÇAISE,

A MM. LAYA ET ROGER.

Séance du 30 novembre 1817.

A PARIS,

DE L'IMPRIMERIE DE FIRMIN DIDOT,

IMPRIMEUR DU ROI, ET DE L'INSTITUT, RUE JACOB, N° 24.

1817.

RÉPONSE

DE M. LE DUC DE LEVIS,

DIRECTEUR DE L'ACADÉMIE FRANÇAISE,

A M. LAYA,

Successeur de M. le comte DE CHOISEUL-GOUFFIER.

MONSIEUR,

LES mémorables travaux de votre illustre pré-
décesseur sur cette Grèce, patrie de nos jeunes
ans, si riche en brillants souvenirs, lui avaient
déja ouvert l'entrée de l'Académie des Inscriptions-
et-Belles-Lettres, lorsque l'Académie Française
l'admit dans son sein : une connaissance appro-
fondie de la langue et de ses immenses ressources,
un style correct et facile, une élégance soutenue,
de la dignité sans emphase, enfin cette lucidité,
preuve incontestable d'un esprit maître de son

sujet, avaient paru mériter cette honorable distinction.

Ce n'est pas seulement dans la vue de resserrer
la chaîne lumineuse qui unit les sciences et les
lettres, que l'Académie Française se choisit quelquefois des collégues dans les autres sections de
l'Institut : elle se propose un but plus important.
Nous osons espérer que le desir d'ajouter un
fleuron de plus à leur couronne, portera ceux
qui écrivent sur les sciences, à parer des charmes
si puissants du style ces ouvrages dont l'utilité
n'est pas toujours une recommandation suffisante
dans un siècle frivole : non pas assurément que
nous cherchions à encourager une vaine pompe
de langage qui sied mal à de tels sujets ; le goût
proscrit les ornements déplacés : mais comme l'ar-
chitecture sait employer des ordres dont la beauté
mâle et sévère ne consiste que dans la justesse
des proportions et l'heureuse disposition des
parties, de même l'art d'écrire peut embellir tous
les genres de composition. Un écrivain supérieur
sait donner de l'attrait aux questions les plus
abstraites ; et les livres de l'astronome célèbre que
l'Académie Française s'honore de compter parmi
ses membres, en offre un exemple éclatant.

Ce que je pourrais dire après vous, Monsieur, sur les ouvrages de M. de Choiseul-Gouffier, ajouterait peu à sa gloire littéraire; mais une liaison qui a duré bien des années, et qui me laissera toujours de profonds regrets, m'autorise à parler avec quelque étendue de son caractère honorable, et des agréments de son esprit.

Noble de cœur comme de naissance, le comte de Choiseul avait cette élévation d'ame qui nous porte à considérer le hasard d'une illustre origine comme un devoir ajouté à tous ceux que la morale impose, comme une obligation particulière qui nous astreint à suivre les lois d'un honneur plus rigoureux, qui veut une délicatesse plus raffinée, enfin des procédés plus généreux. Lorsque de tels principes dirigent invariablement la conduite publique et les actions privées, on obtient pour récompense cette dignité personnelle, indélébile, qui fait pardonner les faveurs de la fortune, qui survit aux revers. C'est ainsi que M. de Choiseul acquit la grande considération qui le suivit des rives du Bosphore, où il représentait avec éclat un puissant monarque, jusque sur les bords de la Néva, où il n'était plus qu'un étranger sans patrie (1). Elle le suivit encore lorsqu'il revint en France, pauvre, dépouillé, n'ayant conservé de tous ses biens que le souvenir de services méconnus, et cette noble fierté qui dédaigne la plainte, qui souffre sans s'abaisser. Mais sévère pour lui seul, indulgent pour les autres, il n'avait point ce faste de vertu qui blesse comme un reproche. S'il s'exprimait avec sensibilité sur les maux de la patrie, jamais il ne parlait avec amertume des injustices dont il était victime. Ferme dans ses principes, constant dans ses affections, son humeur était égale, son air était toujours serein, et dans la société intime, il joignait au charme de l'esprit le plus orné cette gaieté douce que l'on peut, à juste titre, nommer le complément de la philosophie.

La modestie relevait encore l'éclat des connaissances variées et étendues que le comte de Choiseul devait à l'étude et à l'observation : la

---

(1) La considération dont M. de Choiseul jouit à Constantinople pendant son ambassade, fut non-seulement utile aux Français qui habitaient la Turquie, elle le fut encore aux sujets des puissances étrangères, en guerre avec la Porte. Ce fut à ses instances que le divan, se conformant pour la première fois aux principes du droit des gens, fit sortir du bagne l'équipage d'une frégate russe échouée à l'entrée du Bosphore.

forme aimable du doute était celle qu'il préférait; avait-il à traiter de matières qui lui étaient moins familières, il appelait lui-même la défiance. Ainsi, dans le discours qu'il prononça à la chambre des pairs, sur le budget de cette année, nous l'avons entendu dire, avec une grace naïve, que l'on devait être surpris d'entendre parler sur les finances un homme si peu soigneux de ses intérêts. Mais ce qu'il ne disait pas, et qu'il est juste d'ajouter, c'est que si la balance ne fut pas toujours exacte entre ses dépenses et ses revenus, le déficit ne provenait ni d'une magnificence stérile, ni de ces prodigalités que la raison et la morale désavouent. Protecteur généreux des artistes, entraîné par son goût pour les arts, dont il appréciait si bien les chefs-d'œuvre, il ordonnait des fouilles, des voyages, des achats de médailles et d'antiques, dès qu'il les croyait nécessaires à son grand ouvrage. Mais ce qui nuisit le plus à sa fortune, c'est qu'il avait, au souverain degré, le mépris de l'or; preuve indubitable d'une ame passionnée pour ce qui vaut mieux que l'or, la gloire et la vertu.

Les opinions politiques du comte de Choiseul furent invariables, comme sa fidélité à son souverain légitime. Lorsque la révolution commença, il était jeune; cependant une maturité précoce, jointe à une grande rectitude de cœur et d'esprit, lui en fit désapprouver les principes et redouter les conséquences; sa prévoyance était, il est vrai, merveilleusement secondée par l'objet de ses méditations habituelles; l'histoire des républiques grecques, qui lui était aussi familière que leurs monuments, sur-tout celle de ces Athéniens avec qui nous avons plus d'une ressemblance, devaient lui présenter, sous de plus vives couleurs, le tableau des troubles perpétuels, de l'anarchie souvent ensanglantée, tristes résultats des gouvernemens populaires. Et qui sait si sa vue pénétrante ne découvrait pas dans un sombre lointain, le bannissement du juste, et le supplice de la vertu? Mais si M. de Choiseul se prononça constamment contre une révolution, source de tant de maux, ne croyez pas qu'il fût l'ennemi d'un gouvernement régulièrement tempéré. En vain les incorrigibles partisans d'une égalité illusoire affectent-ils de confondre tous ceux qui réprouvent leurs funestes systêmes avec les cœurs bas et les ames serviles; les faits refutent cette calomnie : je citerai celui qui me paraît le plus remarquable. On sait combien dans cette grande province, qui s'est toujours montrée la plus jalouse de ses priviléges et de ses libertés, la cause de la monarchie légitime a trouvé de défenseurs. Oui, nous pouvons le dire avec un juste orgueil, rien n'est plus commun parmi nous que l'alliance d'une fidélité à toute épreuve, d'un dévouement sans bornes et sans regrets pour des princes dignes de tant d'amour, avec un attachement non moins sincère pour les antiques franchises que nos fiers aïeux nous ont transmises comme le nom qui les rappelle. Ces sentiments généreux, répandus en France dans toutes les classes de la nation, l'étaient sur-tout dans ces anciennes familles (et les Choiseul étaient au nombre des plus illustres), qu'une longue suite de services et de récompenses attachaient plus étroitement à la dynastie régnante. Leur cœur, leur épée, leur fortune, étaient au roi; et si quelquefois on les vit opposer de la résistance à ses volontés, c'est que des conseillers imprudents leur paraissaient attaquer ces libertés nationales, qui sont à-la-fois la sauve-garde des peuples et la force des trônes. Gloire, reconnaissance éternelle, au sage monarque qui a détruit pour jamais le germe de ces dissensions affligeantes. Il a posé d'une main sûre les limites trop long-temps indéterminées de tous les pouvoirs. Désormais les droits et les devoirs politiques sont irrévocablement fixés, et le patriotisme fidèle ne pourra plus s'égarer dans le labyrinthe épineux d'une constitution surannée.

Ce que j'ai dit des sentiments de la plus haute classe de la nation s'applique nécessairement à vous, Monsieur, qui en faites partie. En effet, suivant la belle définition de Cicéron, « la no- « blesse est la vertu reconnue, » et quelle vertu publique fut jamais plus authentique, plus reconnue que la vôtre ! Dans ces temps de douloureuse mémoire, où la terreur planait menaçante sur la France consternée, où son roi était dans les fers, votre talent, courageux jusqu'à l'audace, osa faire entendre sur la scène déshonorée les accents de la justice et de la raison. L'effet fut prodigieux : les cœurs, si long-temps oppressés, répondirent à votre voix. L'indignation éclata de toutes parts ; la salle retentit d'imprécations contre les factieux. Il est permis de le croire : si le théâtre eût été dans ces vastes proportions que la magnificence des anciens donnait à ces grands édifices dont les ruines sont encore si imposantes, il en serait sorti une armée entière; la tyrannie était détruite; le roi était sauvé. On peut juger du danger que courut le crime par l'effroi qu'il ressentit; des bataillons marchèrent, on pointa des canons contre la salle où cette conjuration venait d'éclater. Ah! si ce grand attentat eût été épargné à la France, si ce vertueux prince avait repris le pouvoir qu'il ne voulait employer qu'à assurer le bonheur d'un peuple égaré, que de maux eussent été prévenus! et après vingt-cinq ans de troubles, de combats, et de victoires trop chèrement achetées, nous n'aurions pas à gémir aujourd'hui sur les déplorables conséquences du reflux des étrangers!

Mais détournons les yeux de ce tableau déchirant; et vous aussi, Monsieur, oubliez que vos nobles efforts n'eurent alors d'autre prix que la persécution la plus acharnée : vous n'y avez pas succombé; la Providence vous réservait des jours plus heureux.

L'Académie à peine rétablie a voulu donner un témoignage éclatant des sentiments qui l'animent, en faisant porter l'un de ses premiers choix sur l'éloquent défenseur de Louis XVI;

elle en donne une nouvelle preuve en admettant parmi ses membres le poëte courageux qui, dans cette occasion à jamais lamentable, fit au peuple français un appel énergique et mémorable. L'Académie veut aussi récompenser en vous, Monsieur, l'homme de lettres distingué qui, poursuivant avec un zèle infatigable son honorable carrière, se voue à l'instruction de cette jeunesse, l'espoir de la patrie. Vous la conduisez, nous n'en doutons pas, non-seulement dans la voie des bonnes études, mais dans celle des bonnes mœurs; vous lui inspirez l'amour de cette dynastie qui nous est enfin rendue. Et comment enseigner notre histoire sans parler des grandes qualités, de la gloire de ces princes? Vous faites sentir à vos élèves tous les avantages de l'ordre, du travail, de la soumission aux lois. Le temps n'est plus, grace au ciel, où l'insatiable ambition prétendait façonner la jeunesse, et même l'enfance, à la subordination militaire, tranformer nos écoles en des camps, afin d'en tirer des soldats qui devaient bientôt opprimer leurs malheureux parents. Vous pouvez aujourd'hui recommander les vertus pacifiques, vous le pouvez, sans craindre de refroidir l'ardeur d'une jeunesse naturellement belliqueuse : si jamais elle était appelée à défendre l'honneur de la France, l'indépendance nationale, qu'on lui montre des armes, Achille à Scyros ne fut pas plus prompt à les saisir.

FIN.

RÉPONSE

DE M. LE DUC DE LEVIS,

DIRECTEUR DE L'ACADÉMIE FRANÇAISE,

A M. ROGER,

Successeur de M. S U A R D.

Monsieur,

Ce n'est pas seulement un collégue dont nous avons à regretter aujourd'hui les qualités si attachantes et le mérite si éminent: chacun de nous sent vivement tout ce qu'a perdu l'Académie Française, en perdant M. Suard, qui l'a servie si long-temps avec autant de zèle que de succès. Les fonctions qu'il remplissait sont d'une toute autre importance que celle des directeurs dont le règne éphémère passe avec la rapidité des saisons. C'est le secrétaire-perpétuel qui, écrivant toujours, et parlant le plus souvent au nom de l'Académie, peut être considéré comme le représentant du premier corps littéraire de la France : chargé de rédiger les rapports publics sur les prix annuels que nous décernons, il est le distributeur des louanges, des critiques, des encouragements. M. Suard a exercé de la manière la plus honorable cette espèce de patronage. Impartial dans ses jugements, il les faisait servir aux progrès de la langue et du goût. Le talent était sûr de trouver en lui un utile appui; et plusieurs des écrivains qui honorent aujourd'hui la littérature lui doivent une partie de leurs succès ; le choix que nous avons fait de son digne successeur, nous garantit qu'un si bel exemple sera suivi. Me sera-t-il permis d'ajouter avec un sentiment de reconnaissance qui redouble mes regrets, que moi aussi j'ai éprouvé les bienfaits des conseils et des encouragements de M. Suard. C'est principalement à lui que je dois l'honneur de siéger dans cette enceinte : c'est lui qui me décida à publier mon premier ouvrage. Il ne fallait pas moins qu'une autorité aussi imposante pour surmonter la juste défiance que j'avais de mes forces.

L'Académie qui sent toute la grandeur de sa perte, éprouve du moins un adoucissement à sa

juste douleur, lorsque, par une heureuse confor-
mité de talents et de caractère, elle retrouve en
vous, Monsieur, le cœur droit, l'esprit juste, le
goût et la politesse de celui que nous regrettons.
Ainsi nous éprouvons un attendrissement qui
n'est pas dénué de charmes, quand les ressem-
blances de famille nous offrent les traits des amis
que nous avons perdus.

Enveloppé à la fleur de votre âge dans la persécution qu'éprouva la famille honorable à la-
quelle vous appartenez, vous avez contracté, dans
les prisons de la terreur, l'habitude d'une résigna-
tion courageuse au malheur que l'on ne peut faire
cesser qu'en cessant d'être vertueux. Cette fermeté
d'ame, bien plus rare chez nous que la valeur
guerrière, ne s'est jamais démentie; elle a traversé
tous les gouvernements révolutionnaires que la
France a dû subir ; et naguères, cette épreuve
mémorable, fatale à la faiblesse de plusieurs, dont
on compte les jours, mais dont les funestes résultats sont innombrables, a fait voir dans tout
son lustre votre haine pour la tyrannie, votre
attachement à la monarchie légitime, qui peut
seule garantir l'heureux accord de l'ordre et de la
liberté.

2.

Des talents distingués, une conduite irrépro-
chable, un patriotisme sage dans l'âge des pas-
sions, vous avaient mérité, de bonne heure, la
confiance de vos concitoyens ; ils vous choisirent
pour les représenter au corps-législatif. Mais dans
quel temps, Monsieur ? lorsque la France était
sous le joug de cette constitution bizarre, incon-
cevable même, si le but secret n'avait pas été
d'asservir le peuple, en lui laissant le vain simu-
lacre d'une liberté toujours chère aux Français.
Le tumulte et la confusion qui avaient régné dans
presque toutes les assemblées précédentes, les
excès des factieux qui les avaient égarées par des
déclamations perfides, servirent de prétexte pour
imposer un silence absolu aux députés de la
nation, et pourtant la loi ordonnait aux juges de
publier les motifs de leurs arrêts. Ainsi l'on
trouvait juste et nécessaire que les décisions
qui règlent les intérêts des individus fussent sou-
mises à l'opinion publique, tandis que, par la
plus étrange inconséquence, on prétendait sous-
traire à son tribunal les motifs des délibérations
et des lois qui disposent souverainement de la
fortune et de la vie des citoyens. C'était le moyen
infaillible d'amener la dissolution d'un corps qui

semblait frappé de paralysie depuis qu'on ne pouvait plus suivre ses mouvements. On y serait bientôt parvenu, si la Providence n'avait enfin fait luire sur la France ce jour fortuné où furent posées les bases d'une constitution dont le but est la prospérité de tous, dont les moyens consacrés par l'expérience, n'ont rien d'illusoire ni de captieux. Et comment la liberté, la publicité des discours auraient-elles pu effrayer un prince généreux et loyal, dont la sollicitude paternelle ne veut rien ignorer de ce qui intéresse ses sujets, et qui veut connaître leurs sentiments comme il desire qu'ils connaissent les siens?

Elle était encore bien éloignée l'époque de cet heureux changement. Mais, Monsieur, si vous fûtes alors réduit, ainsi que vos collégues, à former des vœux stériles pour le bonheur de la patrie, du moins avez-vous pu, dès-lors, concourir puissamment au rétablissement des bonnes études si long-temps interrompues, des saines doctrines décriées ou méconnues : vous avez fait plus, vous avez inspiré à cette jeunesse, destinée, nous l'espérons, à des jours plus heureux que les nôtres, les principes d'ordre, de religion et de morale nécessaires à l'existence de toute société : vos exemples venaient à l'appui de vos préceptes; et le goût de ceux dont vous dirigiez l'instruction a pu se former dans vos écrits.

Le plus remarquable de ces ouvrages, celui qui jouit depuis dix ans d'une estime méritée, est une bonne comédie : pour un auteur, ces mots renferment tout un éloge. Dans ce genre, une bonne composition est en effet la preuve évidente d'un esprit juste et fin, capable d'observer et de saisir les traits marquants, les nuances délicates des divers caractères, de disposer les scènes de manière à graduer l'intérêt, enfin d'amener avec art un dénouement inattendu et cependant vraisemblable. Ces conditions sont bien difficiles à remplir : il en est encore d'autres qui ne sont pas moins indispensables. Il faut que la décence, la morale, soient religieusement respectées, que la vertu soit représentée sous ses aimables traits, le vice peint de ses noires couleurs. Voilà ce que vous avez fait, Monsieur, dans votre pièce de l'*Avocat*. On y voit un jeune homme sensible et vertueux repousser avec mépris les offres de la corruption, résister aux séductions de l'amour, à l'entraînement d'une passion légitime, pour remplir les devoirs rigoureux d'une profession qui exige plus que de la probité, qui veut encore de la délicatesse. Au point où la comédie est parvenue en France, lorsque les caractères, sujets principaux de cette partie de l'art dramatique, ont été traités par le génie avec une supériorité désespérante, c'était une conception heureuse que de s'attacher à peindre ainsi les dangers, les écueils, les devoirs d'une des plus nobles professions de la société : et si le talent, s'emparant de cette idée féconde, nous présentait successivement les modifications que les diverses conditions exercent sur les caractères, ne pourrait-on pas espérer de voir la scène française s'enrichir de nouveaux chefs-d'œuvre ? Cette vue, que m'a suggérée votre ouvrage, je vous la soumets, Monsieur, ainsi qu'aux maîtres de l'art qui m'écoutent.

Si la comédie de l'*Avocat* est le plus important de vos écrits, ce n'est pas votre seul titre littéraire. Plusieurs fois nos divers théâtres ont retenti de vos succès. Ce qui en assure la durée, ce qui vous en présage de nouveaux, c'est l'élégance et la correction d'un style naturel et facile, le respect des mœurs et des convenances, enfin l'heureuse union de la raison et de l'esprit. Toutes ces qualités précieuses vous sont communes avec l'académicien

dont nous déplorons la perte. M. Suard les pos-
sédait au degré le plus éminent : on les retrouve
dans tout ce qu'il nous a laissé, dans ses rapports
à l'Académie, comme dans ces Mélanges littéraires
dont il a voulu, par une excessive modestie, se
déclarer l'éditeur, tandis que ses écrits en font le
véritable mérite. Mais c'était un trait honorable
et presque distinctif du caractère de cet excellent
homme : il fuyait l'éclat et la renommée. Tout
occupé de servir les lettres avec un zèle que l'on
pourrait nommer désintéressé, il mettait sa gloire
à faire briller ses amis. Ceci explique comment il
a employé, en traductions, tant de soins et de
veilles. Paraissait-il en Angleterre, en Italie, un
livre remarquable et utile, sa modestie lui per-
suadait qu'il ne pouvait mieux employer son
temps qu'en le faisant connaître à ses compa-
triotes : aussi, pour juger combien il était riche
de son propre fonds, il faut le considérer dans
une de ces occasions où il était obligé de se mon-
trer au grand jour. Voyons-le donc dans ce sanc-
tuaire des lettres françaises dont il était l'orne-
ment, j'oserais dire, l'oracle. Voici comme il
s'exprimait dans la place que j'ai l'honneur d'oc-
cuper aujourd'hui, en parlant de cette langue

française dont personne n'a jamais mieux connu et constaté l'excellence. « Notre langue, disait-il, « doit aux ouvrages du génie sa force et son abon- « dance ; elle doit à la sociabilité de la nation une « partie de ses graces : simple dans ses formes et « précise dans ses expressions, plus variée dans « ses tours que dans ses mouvements, elle ex- « prime avec netteté ce que les vues de l'esprit « ont de plus abstrait, ce que le sentiment a de « plus délicat, et ce que les nuances de la société « ont de plus fugitif. Par un rapprochement qui « peut étonner au premier coup-d'œil, cette langue « est tout-à-la-fois la langue de la galanterie et « celle de la philosophie ; et ce n'est qu'à son pro- « pre mérite qu'elle doit cet empire presque uni- « versel que les Romains tentèrent vainement de « donner à la leur, quoiqu'ils en prescrivissent « l'usage aux peuples qu'ils avaient soumis. » Quelle justesse ! quelle élégance ! quelle propriété d'ex- pression. Je trouve encore dans ce même discours une admirable définition des divers genres de politesse, et l'on sait que, dans tous les genres, M. Suard en fut un modèle accompli.

« La politesse des manières est une bienséance ; « celle de l'esprit est devenue un talent. Le desir

« de se distinguer autant que le desir de plaire
« a appris l'art de modérer par des formes mo-
« destes l'empire même de la raison et de la vé-
« rité; à assaisonner quelquefois la flatterie par
« une teinte douce de plaisanterie, et la raillerie
« par une louange fine et indirecte.

« De-là s'est formé ce ton du monde qui con-
« siste à parler des choses familières avec noblesse,
« et des choses grandes avec simplicité; à saisir
« les nuances les plus fines dans les convenances,
« à mettre dans ses discours comme dans ses ma-
« nières une gradation délicate d'égards, relative
« au sexe, au rang, à l'âge, aux dignités, à la
« considération personnelle de ceux à qui l'on
« parle. »

Voilà ce qu'un rare talent d'observation joint
à une longue pratique avait appris à M. Suard :
un cœur bienveillant, un caractère éminemment
sociable, lui avaient inspiré le goût de la politesse, la réflexion lui en avait dévoilé toute l'importance. Il avait reconnu que cette qualité pré-
cieuse, nécessaire à l'agrément de la société, à
l'intimité même, qui, sans elle, a bien moins de
charmes, exerce la plus salutaire influence sur
les mœurs. En nous forçant à dissimuler nos tra-

vers, à voiler nos défauts, elle fait prendre l'habitude des bons sentiments dont elle oblige à
présenter l'apparence. Veut-on s'élever à des con-
sidérations plus générales, on découvre que la
politesse est le complément de la civilisation. Le
commerce rapproche les peuples par l'intérêt;
mais ce sont les manières obligeantes et polies
qui tendent à les concilier, à les réunir; ce sont
elles qui émoussent l'aspérité des préventions
nationales, qui dissipent les préjugés, qui endor-
ment les haines. Et ne croyez-vous pas que, si la
curiosité attire le voyageur, ce sont les mœurs,
encore plus douces que le climat, qui retien-
nent, qui fixent chez nous l'étranger. Oui, c'est
la politesse qui, depuis près de deux siècles, a
fait de Paris la moderne Athènes, le séjour pré-
féré de tout ce que l'Europe possède de spirituel
et d'éclairé.

Faut-il opposer à ce brillant tableau le con-
traste de celui que présenta la France à une
époque encore trop récente. Lorsque de préten-
dus philosophes, abjurant toutes les notions de
l'équité et du bon sens, tentèrent follement de
fonder la liberté sur l'anarchie, ils confondirent,
par une semblable méprise, la rudesse avec la

franchise; et suivant eux, pour être sincère, il fallait être grossier. Toutes les formes dé la politesse furent donc abolies, les marques de respect, les simples égards devinrent des crimes d'état. Mais aussitôt que le voile des bienséances fut déchiré, on put voir tout ce qu'il cachait de bassesses et de vices. Le vil égoïsme se montra à découvert, le cynisme impudent leva sa tête hideuse. Qu'il fut honteux, qu'il fut humiliant le spectacle de toutes les misères de la nature humaine!

Cependant les habitudes d'une nation renommée par l'aménité de ses mœurs opposaient une résistance presque générale aux injonctions de ces démagogues; pour la vaincre, ils employèrent les menaces, la violence. Et il est vrai de dire que le règne passager de la grossièreté en France, établi et maintenu par la terreur, a cessé avec elle. Quand les peuples commencèrent à respirer, les mœurs s'adoucirent, et bientôt les plus farouches révolutionnaires furent contraints de mettre du moins quelque décence dans leur langage. Plus tard, les formes monarchiques, qui nécessitent la distinction des rangs, auraient dû ramener la politesse; mais la tradition en était

perdue. La plupart de ceux qui auraient pu servir de modèle étaient éloignés, beaucoup avaient
péri. L'on ne devine point le *savoir-vivre*; c'est,
comme le mot même l'indique, un art dont le
chef-d'œuvre consiste à ne s'imposer que la gêne
nécessaire pour jouir dans la société de la plus
grande aisance : c'est un sacrifice semblable à
celui que, dans l'ordre politique, l'on fait d'une
portion de sa liberté pour avoir, sans trouble et
sans inquiétudes, la jouissance de tout le reste.
Les circonstances étaient d'ailleurs peu favorables
au rétablissement de l'urbanité française. Le ren-
versement de tant de fortunes avait rendu bien
rares les réunions jadis si nombreuses de la bonne
compagnie : la révolution avait fait monter dans
la classe des riches des recrues assez difficiles à
façonner aux manières du grand monde; la jeunesse, élevée dans les camps, avait des habitudes
toutes militaires; les femmes elles-mêmes, qui
dans les jours de crainte et de deuil avaient
montré une sensibilité si généreuse, un dévouement héroïque, commençaient, il est vrai, à re-
prendre leur doux empire, mais une situation
violente, et des efforts au-dessus de leur sexe,
avaient nécessairement un peu diminué cette re-

tenue qui ajoute tant de pouvoir à leurs charmes, tant de charmes à la délicatesse de leur esprit. Et cependant le plus grand obstacle venait de ce que le bon goût n'était pas, comme autrefois, uni à la suprême puissance.

Elle n'existait plus cette cour brillante et polie, où, depuis François Ier, le restaurateur des lettres et le plus galant des rois chevaliers, on savait être respectueux sans bassesse ; où l'arrogance était un ridicule ; où les muses, les arts, et ceux qui les cultivent avec succès étaient en honneur ; enfin où la déférence pour les dignités n'empêchait pas le talent et la considération personnelle de jouir des distinctions les plus flatteuses. Cette élégance de mœurs si favorable aux progrès de la civilisation, à l'agrément de la vie, descendait, par une heureuse imitation des princes et des grands, dans les classes mitoyennes de la société, et le peuple même en ressentait l'influence. Vit-on jamais rien de semblable dans la pompe toute théâtrale d'une cour, ou plutôt d'un quartier-général toujours en partance, où la rudesse mit plus d'une fois les graces en fuite, et épouvanta la beauté.

La politesse est revenue en France dans le cortége des Bourbons, ramenée par un prince, vrai modèle de grace et de loyauté, digne précurseur de son auguste frère. Lorsqu'il reparut dans cette capitale, au milieu de l'immense concours d'un peuple qui prévoyait enfin le terme de ses maux, lorsqu'il s'écriait dans l'effusion de son cœur « Mes amis, c'est un Français de plus » : cette affabilité touchante, politesse des rois, fit éprouver à la génération qui s'élève une émotion mêlée de surprise. Elle n'avait jamais rien vu de pareil; et nous, c'était en bénissant le ciel que nous contemplions ces nobles traits, qu'une longue infortune semblait avoir respectés. Bientôt arriva le monarque desiré : tous les corps de l'état, les provinces, les villes, des milliers de Français, vinrent lui apporter le tribut de leur amour. On admira ses réponses, toujours dignes, spirituelles, variées; mais ce qui attacha tous les cœurs, ce fut leur obligeante bonté. Doué d'une mémoire prodigieuse, le roi se rappelle à-la-fois, et pourtant sans confusion, une multitude de noms, de choses, de figures; il connaît les relations des familles, le nombre, l'âge même des enfants; il cite aux auteurs, il cita à notre illustre Ducis le plus beau passage de ses écrits; il se ressouvient sur-tout des services, des actions honorables; enfin jamais il n'a rien oublié que les injures. Ingénieuse affabilité, qui paraît héréditaire dans cette auguste race. C'était elle qui rendait le bon Henri l'idole des Français; c'était elle encore qui tempérait la majesté imposante de Louis-le-Grand, et souvent elle fut le mobile des belles actions de son règne. Ainsi se gagne et se conserve l'affection d'un peuple sensible et fier, passionné pour tous les genres de gloire, et qui voit avec orgueil que ses princes sont les plus aimables comme ils sont les premiers des Français.

FIN.

www.ingramcontent.com/pod-product-compliance
Ingram Content Group UK Ltd.
Pitfield, Milton Keynes, MK11 3LW, UK
UKHW021026120726
13693UKWH00005B/2218